トンネルのむこう

大谷榮男 歌集

青磁社

＊目次

I

大谷榮男歌集

トンネルのむこう

I

（二〇〇八年～二〇一一年）

いたずら坊主

米兵のうつろなまなこに見つめらる二〇〇八年世界報道写真展

自然破壊すすむコンゴに棲む森のなくてマウンテンゴリラの死体

心拍はどっどどどっどど冬の夜いたずら坊主がわが胸にいる

長き柄で弧を描き春の落ち葉掃くおとこがひとり神宮参道

ルーズベルトの対日制裁（案）、戦闘に修正とわが生れし日の新聞英字消え鬼畜米英かおをだす昭和十五年の「夕刊東京朝日（とうきょうあさひ）新聞」

戦死せし兄の手がかり『英霊の絶叫』に求めむなしくおわる

突撃か爆死なりしかアンガウル島に死にたる兄は二十三歳

*アンガウル島はパラオ諸島・ペリリュー島に隣接の激戦の地

昭和十九年九月十九日玉砕、十二月三十日戦死

玉砕と戦死の公報ずれのあり三月（みつき）も生きておりしや兄は

手榴弾かかえ突撃せし兵の言葉「殺すか殺されるかだ」

博物館へ大日如来に会いにゆく智恵を授かるとは思えねど

エンディングノートを前にこころ揺れなかなか書けず死はまだ怖い

おもしろき言葉に鈴が鳴ると言うイリヤ・カバコフの絵本に惹かるる

＊画家・一九三三年旧ソ連ウクライナ生まれ。

軍配に「天下大変」とある漫画、軍配は相撲のみにはあらず

下栗の里

信濃なる下栗（しもぐり）の里急峻な傾りに貼り付くごとく人住む

畑の斜度四十五度に年に二度とれる「二度いも」美味なるじゃがいも

去年行きしマチュピチュのごとし九十九折の道のぼり来し下栗の里

保存される木澤小学校、教室に三つの小さき机が並ぶ

写実にはあらざる写実、野十郎（やじゅうろう）「蠟燭」の炎の奇妙なる揺れ

＊高島野十郎

野十郎の「月」は真冬の月なるか黝(あおぐろ)く塗り重ねたる闇の邃さよ

生まれたての守宮を妻は掌にのせて「なに食べたい?」と子に言うごとし

蟷螂はうつぎの枝にたまご産み茶色になりて萎びたる　死

写経の帰り

雨あがり冬あたたかき遊歩道一時間あるく写経の帰り

下北沢（しもきた）は若者のまち四十年ネクタイせしわれ街に似合わず

はじめての納経にゆきし深大寺（じんだいじ）、七五三参りの親子で賑わう

＊東京・調布市にある天台宗の古刹。写経の師は同寺の僧兼末寺明静院（みょうじょういん）住職

深大寺の元三大師の護摩法要、読経の太鼓が腹に響きぬ

ご詠歌にはじまる厄除け護摩法要、護摩木の炎に呪文の行者

秒刻みのしごとのゆえか髪白くなりしアナウンサー登坂(とさか)淳一

＊NHKアナウンサー・友人の甥

床屋にて眉毛にまじる長き毛の白き黒きを切ってもらいぬ

勇気出し他人には言えないようなこと詠うが短歌と竹山広

正月の岩波ホールに観る「懺悔」うしろの席で鼾をかくな

ゆっくりでいい

アラフォーやアラ還暦（カン）風に言うならばわれはアラ古稀（コキ）？・ウソツキみたいだ

出先からこれから帰るとわれ言えば妻はのたまう「ゆっくりでいい」

些細なこと気にかけるなというごとく無花果の皮つるんと剝ける

寝返りにめまい襲い来、目がまわるぐるぐるまわり浮きあがる真夜

突然の目眩にはげしき吐き気せり頭のなかでなにか起きてる

ありがとうと言えばいいのに食うものがないなどといい妻を怒らす

夜なべして折り紙つくり町会の子育て支援に妻は持ちゆく

石橋をたたいてわたるわが一生橋がなくてもわたるわが妻

新宿に師の夫しのび喪服にて友と飲みたりソルティドッグ

健康にもエコにもよしと製鐵所へ自転車通勤はじめたる吾子

バンコクを旅する友にメールしぬびゅわーんびゅわーんうたはできたか

薬飲まずコレステロール値さげたるを医師に伝えずよく歩く妻

妻や子の誕生日にはわれのせぬ記念写真を撮りし劉生

＊岸田劉生

劉生の一生のようにみじかけれど登るは苦し切通しの坂

ご朱印を書く

就活をせざるに写経の縁ありてご朱印を書く浮岳山深大寺

深大寺に作務衣姿の初仕事まがらぬようにご朱印を捺す

深大寺のカレーは大盛り肉たっぷりメタボの僧のおかわり羨し

さらさらといい塩梅に書けざればご朱印を書くわが手震える

ひねもすをご朱印書きて初日終う次は護摩札書けとの仰せ

山翡翠（やませみ）がさくらにとび来て書く手止むご朱印帳に「白鳳佛」と

かぶとむしにメロン遣りつつご朱印や護摩札書きつつ虫愛ずる僧

猛暑なる三連休に朱印書く　秋田山口佐賀からも来る

ご朱印書きて話せばうれし亡き友の友なりしという広島のひと

深大寺の先代の住職身罷りて「山門不幸」の立札がたつ

雨おとこなりし住職の本葬に今日を忘れるなと台風襲い来

不飲酒戒（ふおんじゅかい）あればと言いつつ棚経に般若湯いただくと写経の師の僧

千円札出したるひとに鐘楼をゆびさし「つりがねぇ」と笑む僧

正月用護摩札二百枚書きぬ寺は九月に新年が来る

雨の町

五年ぶりの注腸検査を告げられて初秋の雨の町を帰りぬ

大腸検査二リットルの下剤を飲みきれず吐き気悪寒す　六度目なれど

七日まえに歌集の出版祝いたる七十七（しちじゅうしち）歳の友は逝きたり

ガンなんかに負けてたまるかと詠みし友『朝の硯』をわれらに遺しぬ

友の書のコースター三枚「樂」「琴」「書」使えず和室に飾りおくなり

癌に逝きし友をしのびて献杯せり年の瀬友の夫を囲みて

一万歩の目標下げてまた下げてこうしていつか歩けなくなる

声明の塩梅音が語源という塩梅よくゆくことは少なし

寺にあれば意識してする食前の合掌ときどき家では忘る

芒ぼうぼう

深大寺の元三(がんざん)大師のご開帳ご朱印ひと日に二百冊書く

＊秘仏・元三大師は天台宗の僧良源。五十年ごとに公開。

ご朱印の書き手つとめるご開帳トイレに行けずお茶も飲めざり

お大師を秘仏と称しご開帳はじめし坊さん商売人なり

連れ合いや親の介護を「終活」と言うなら許そう励ましもする

週二日早起きして行く深大寺、早寝になりて風邪も引かざり

ご朱印のひとあらざれば本を読み授与所の隅に茶を飲む年の瀬

くるみパン齧りし前歯かけおちぬ海馬も痩せて芒ぼうぼう

適応力おどろくばかり治療して痛かりし歯に堅きも嚙める

正月は七福神めぐりの深大寺「毘沙門天」のご朱印加わる

大桟橋

厄除けの朱印の所望あまたあり効き目は兎も角こころ込め書く

寒中の朝の五時半起きられず寺をさぼりぬ風邪と称して

小春日の大寒「自我偈」の書写をせり急逝の母の命日近し

ムクロジのこがねいろの実拾いたりご朱印客なき睦月まひるま

三食を世話する日々と妻は吾を在宅介護のごとく言うなり

二年前の牧水生家寒かりき夕陽と野生馬見し都井岬

口中に四六時中をふふみいる轡のごとしあたらしき歯は
見えるものすべてを見んと思わねど遠近両用めがねは疲れる

友の乗る「飛鳥Ⅱ」いでゆき春ちかき大桟橋にたたずみおりぬ

あかき芽

春の雪に倒れし南天あかき芽を伸ばしいきいき立ち直りたり

皹（あかぎれ）に割れたる拇指いと痛し寺に雑巾掛けするこの冬

ひとの来ぬ朱印所春を呼ぶ小雀（こがら）水琴窟のしずけさを聴く

朱印所の柱時計が九時を打ち父に叱られし上州蘇り来

裁ち板の下敷きとなり十数針縫いし三歳の傷のこる顔

顔に傷残りしわれの上京を郷里(くに)出でしことなき母は憂いぬ

仕送りの無心いくたび無駄遣いするなと一度も言わざりし父

仕送りを頼めば父の候文「被下度(くだされたく)」とありしを忘れず

三畳にふとんを斜めに敷きたりき家賃一畳千円の下宿

さつま揚げ毎日出されし下宿の朝、一生分を食べてしまえり

下宿の火事、着の身着のまま飛び出して浪人生活吹っ切れたりき

大学の卒業祝いは母縫いし大島紬の着物なりけり

酒飲めぬ父はコップに半分を母はなみなみ晩酌したりき

新婚の一時期着たるのみなりき着物を着てみんゆるりと和室に

晩酌に独活の酢味噌と蕎麦を食み上州に住む姉を偲べり

ちょっと避暑へ

新宿よりおよそ五粁（キロ）のわが家なり歩く時間はあるくたび延ぶ

ぞんぶんにおやすみくだされとことわにやすらかにねむれ竹山広

＊二〇一〇年三月三〇日逝去

おおちちの奉仕のこころざしを継ぎボランティアせんこの先残年

あさ八時離れ住む十歳の子思いつつ梅雨の通学路をパトロールする

梅雨晴れの駒場野公園楢の葉にあわきみどりの天蚕の繭

七十一歳のわれの六月、蝶もとめやんばるの森に少年となる

泡盛の古酒の撒かれしやんばるの森に集まる蝶の乱舞よ

娘の家の自動電化はもの忘れ早めるばかりと妻は切り捨つ

長生きの兆しと妻は笑うなりテレビの音量（ボリューム）年々に増す

糖尿病の妻は二度目の入院を告げられ帰れるかしらとかなしむ

真夜ひとり心経を書く　レース編み夜な夜なしていし妻入院して

リセットのくりかえしなり人生は入院ごときに弱音は吐けぬ

洗濯もの提げて毎日病室の妻を訪ねし半月おわりぬ

友からの電話に妻は「この夏はちょっと避暑へ」と入院を秘す

五感

日に五度の血糖値検査の針をうつ妻の左手(ゆんで)の絆創膏の指

深大寺に参拝のひと五割増し朝ドラ「ゲゲゲの女房」効果

一日に書きたるご朱印百五十いちにち書きてわが目の翳む

重文の白鳳佛の釈迦如来倚像（いぞう）は細身ご朱印も肉細に

朱印所にわれを呼ぶ声二十年振りのかつての職場の同僚（とも）とその妻

晩酌の月下美人酒、菊なます花食べるとき五感はさわぐ

雑司ヶ谷に空穂の墓と旧居訪う妙所というは目立たぬがよし

やわらかき仮名文字まじりこぶりなる空穂妻子の墓誌銘したしも

カナヘビに誘われ妻は小春日のめぐみ受けんと散歩に出でゆく

高齢者と幼児は優先しますというインフルエンザの予防注射す

年の瀬の庖丁を研ぐ病もつ妻はおせちをつくらぬというも

気やすきもの言い

新燃岳の噴火におもう噴石のごとき胆石に苦しみし母

豆大師のまめは魔滅なり節分の豆撒く枡に「招福」と書く

深大寺に八人の友案内すおとこともだちおんなともだち

＊立春過ぎの深大寺へ小高賢氏ほか歌友を案内

大木の高き上枝にすずなりの無患子見上ぐ八人の友

「深大寺そば」を名乗るも原産は大分、出雲　そばがき旨し

門前に「そばあんぱん」の品定めおみなというはみやげ好きなり

生きることやや楽になる七十歳を過ぎて気やすきもの言いをして

老い深き隣家に届く宅配の給食サービスひとごとならず

なにかがちがう

震度五の東京、二階のリビングに皿・碗が落つ両足踏ん張る

＊二〇一一年三月一一日・東日本大震災

友なりし高木仁三郎また思う死ぬまで原発反対唱えし

放射能の影響なるや鬱なるやけだるさの増し日に日に著し

大地震にゲゲゲの鬼太郎逃げ出して深大寺境内人影のなし

観劇もそぞろとなりぬ幕の開く寸前避難の説明ありて

甲高き女性の号令さくら咲く大震災後の消防学校

慣れるとはおそろしきかな夜更けなる震度四にも平然として

朱印所に来し女(ひと)津波に被災して避難所の生活話しくれたり

ふたたびの「飛鳥Ⅱ」のたびの友に贈るローズピンクの厄除け念珠

食べる寝るうたをつくるはかわらねど三・一一以後なにかがちがう

じゅずだまの穂

茄子の苗なじみの花屋にふた鉢を買いて狭庭に植えしは五月

むらさきの花落ち小さき茄子の実の結ぶわが庭初捥ぎを待つ

みどり濃き莢隠元をサラダにす妻出掛けたる独りの昼を

子持ちなるバイトの娘より父の日に届きし千葉産落花生焼酎

母さんと食事をせよと言う倅「心ばかり」と書きたる小袋

五年ぶりの中学校の同窓会ことし四人逝き二割が死にたり

遺歌集の『冬のひまわり』乳癌に苦闘の妻を看取りし恩師

国土交通省のバスで八ッ場ダム工事地域を見学

ダム工事に新設されし大橋をバスに走るもなにやら複雑

死を予知し描きしか寂しきうすずみの義兄の遺作の色紙絵「菖蒲」

ちちははの墓参に行かな施餓鬼会の塔婆を授与する寺にはたらく

生きたしと真夏まいにち八千歩糖尿病を克服せんと妻

歩かねば糖尿病悪化す疲れればヘルペス痛む妻あわれなり

年寄りを頑固と言うな聞く耳はあるが聴いても変えられないのだ

緑道にじゅずだまの穂のゆれており草木はツナミ・フクシマ知らざり

茶歌鼓

井伊直孝の戒名「豪徳」境内に縁起を記しし大き碑の立つ

＊井伊家菩提寺・大谿山豪徳寺

笑わざる護衛のごとし灯籠に一羽の鴉　直弼の墓

赤鬼と怖れられたる直弼は趣味人なりて渾名「茶歌鼓(ちゃかぽん)」

定命（じょうみょう）といふもきびしきうたの友知命をまえに癌に逝きたり

七十年前わが誕生に父植えし富有柿ことしも甥から届きぬ

小学校入学にすもも中学はあんずを記念に父は植えたり

結婚の披露の宴に真剣をもろ手に剣舞まいたりし父

好物の富有柿供ぅ父逝きて三十五年の霜月二十日

水引の花のごとくにひそやかなわれらの暮らし食事も質素

老いも死も見据えてうたを深めよと師に諭されぬひとたびならず

むすめから妻とわれとにプレゼント生きよ生きよと三年日記

この先は老化を齢の花として仕上げのときを悔いなく生きん

II

（二〇一二年〜二〇一五年）

鍵かける音

洗濯も付き添いもして支えおり齢を重ねし夫婦となりて

終戦後四年を入院、糖尿病に失明の姉十四歳（じゅうし）にて死す

中学に進む太郎と映画見る祖父の記憶のあらざりわれは

声がわりしたる太郎のふときこえわれに似たると娘は言うも

姪からの結婚の電話このごろは見合いと言うも懐かしきなり

玄関にわれを見送る妻ご機嫌、門出るまえに鍵かける音

ふるさとの三人（みたり）の姉に会いに行く父母の墓参のついでと言いて

子も夫も亡くしし姉は傘寿にて手作りのマーマレードと梅干くれたり

みずすましの池

その年にならねばわからぬことあらん父の逝きたる米寿思ほゆ

くり返しおなじ字を書くご朱印をむなしく思うもうひとりのわれ

終日をご朱印書きて腰伸ばす庫裡のトイレに退きどきおもう

春さきは体調わるしと言う妻が今日キッチンに鼻うた唄う

ふるさとの坂東簗に鮎づくし姉と食べにきその姉もなし

姉たちとひと日過ごしぬ雪のこる四月なかばの老神(おいがみ)温泉

ふるさとの神流川(かんながわ)にもセシウムの降りて鮎釣り解禁ならず

セシウムの降り積む赤城山中のみずき林にみずすましの池

爪を切る

ひとり居に爪を切る音ひびくなり鳥も鳴かざるさつき真ひるま

平日の昼の渋谷にひとり観し「わが母の記」に思うこの先の老い

敗戦時何歳（いくつ）だったかなどと問う大学院生と寺にはたらく

妻を棄て行乞したる山頭火われにはできねど羨しとも思[も]う

高山病に意識なくししときのごと低血糖の妻の頰打つ

天眼鏡義歯必需品数年後補聴器杖亦車椅子必至

妻もわれもおのおのに行く友の通夜猛暑つづきの葉月尽なり

元気のもと

夜ごと白き大輪咲(ひら)くわが垣根おんな友だちから貰いしヨルガオ

八ヶ岳高原ロッジの遊歩道夕陽のなかを妻とあるきぬ

望遠鏡を覗けば小雀(こがら)つどいおりひまわりの種白樺に吊るされ

つかれたと今日は言わざり高原の落葉松林を歩きし妻は

九キロのコスモス街道花好きの妻はあるきぬ花つきるまで

急かされて書きしご朱印ゆとりなきこころをあらわす線や点さえ

諍いを笑いにかえる老いの知恵　髪型ちょっと褒めて貶して

妻もわれも諍う気力うすれきて真顔でひと言「さきに呆けます」

晩酌は元気のもとともう一本熱燗つける師走真冬日

白き眉毛

数万の朱印書きけり三年半　寺のバイトを辞めると決めぬ

良きことも悪しきも知りし三年半高僧と言えどひとりのにんげん

終りとはあらたな始まり深大寺のバイトを辞めて何をはじめん

大寒の昼の月追い北風のなかをあゆむは膝のリハビリ

大寒を過ぎれば母の命日と七十歳を越えおもう　齢なり

母の死に号泣したりき魂を呼びもどさんと三十歳のわれ

長く伸びし白き眉毛を切りたれば命ちぢめるごとく言う妻

覚悟はあれど

凄いけれど阿呆かとも思うマラニック二百三キロ完走の倅

しすぎても足りなくてもダメいい加減というはむずかし老老介護も

入院は絶対しない、子にわれに世話してもらうと妻　主治医をおそれず

連れ合いが病むよりいいと五回目のレーザー治療受けるという妻

病もつわが妻なれば介護する覚悟はあれど自信はゆらぐ

職退きし記念の時計二十年あまり経たれば電池切れたり

日輪に暈かかりおり平穏な時なるいまを無為には過ごせぬ

豆パン

位牌もち父母とならびし村葬の兄の墓標は陸軍伍長

意味わからず奉安殿に敬礼せし国民学校一年生われ

押入れに姉と抱き合い空襲に耐えて祈りし六歳（むっつ）の記憶

暑さなど覚えておらずB29の爆撃うけし八月五日

赤がえる蚕の蛹も食べにけり七歳なりし戦後を忘れず

ふるさとを出てはや五十有余年、地酒「船尾瀧」辛口うまし

同窓会にはじめて出たる友のおり六十年ぶりの理由は聞けず

中学の初恋のきみ、初産のあとに逝きたり二十三歳

ガリ版の学級新聞きみが書きわれは刷りにき六十年まえ

とつくにを旅するごとし三十年まえに二年を勤めし銀座

数寄屋橋、外堀、薬研堀ありきシャネルもグッチもなかりし銀座

いろ白の目もとすずしき女（ひと）のいる三軒茶屋に豆パンを買う

妻も子もモリさんと呼ぶ蝶やアリ簡素に描きし熊谷守一（くまがいもりかず）

戦時下もいくさを鼓舞する絵は描かず諂わざりし熊谷守一

ブーツの尖り

秋はやき草津温泉ひのき亭草鞋で旅せし牧水しのぶ

牧水の歩みし順路をまた来たり上州六合村（くにむら）暮坂峠

手づくりの紙フクロウが鎮座せり秋まだはやき暮坂の茶屋

道の駅「六合(くに)」に六合ハム六合きゅうり六合ソーセージを買い込むわれら

嬬恋(つまごい)の高原キャベツに手を伸ばす妻をとがめず採れたてキャベツ

講習の修了証書は老人を意識せよとう運転免許高齢者講習

八重咲きの白の山茶花みだれ散りわずかに残る色欲そそらる

老ゆるとはこういうことか歯科内科まわりてひと日の暮れる霜月

しゃがむのも座るもつらし足腰の痛さに耐えるは老いへの試練

病院に向かうラッシュに蹴られたる後ろの女のブーツの尖り

おぼろのなかに

救急車に搬送されし記憶なし豊島病院になぜ居るわれは

妻や子が呼びかける声に気が付きぬ家にはあらず病院なるを

看護師に溲瓶あてられたりしことおぼろのなかに記憶残れり

階段を十数段もころげ落ち脳震盪の記憶空白

子どもたちが来てくれたからと震えつつ妻はベッドの脇で話しぬ

「なによりも生きて帰って来てくれた」妻はしみじみ退院の夜

病気して眠れぬ夜は妻や子に遺す言葉をあれこれおもう

七日余を寝ねしばかりの筋力のおとろえ著し七十五歳

リハビリに音を上げたれば妻は言う「他人(ひと)に厳しくおのれに甘い」

サロンパス肩に背に貼り年寄りのにおい車内にまき散らしおり

神保町シアター

小高賢の早すぎる死よわが母と一日違いの命日忘れず

師であれど友でもありし小高賢、神保町シアターに共に映画見き

わがうたを下手と言いつつ平凡の力と救いくれし小高賢

古き手紙捨てんと繰れば小高賢、右肩下がりの葉書三通

宝仙寺、伝通院と葬送のつづきし如月　己が死おもう

江戸火消しの袢纏似合い威厳あり八十六歳遺影の頭（かしら）

枝は枯れ新芽出でざる百日紅このまま死ねぬと根元に若芽

がくんがくんと

朽ち葉積むなかにのそりと動きたる蟇よ元気かいよいよ夏だ

戦場に錯乱の兵士はわが兄か　ペリリュー島の激戦映像

読めざりし「搾抬搾抬（ほうたいほうたい）」魔除けよと姉は教えしわれは六歳

魔除けならぬ「撁抬撁抬」撃滅とぞ寅年の姉の千人針に

なめらかに老いゆくものにあらずしてがくんがくんと深まるあわれ

敬老と言われ羞しも喜寿にはまだ、長生きしたいと本音を言わず

駅までの名もなき坂をのぼりゆく後期高齢、萎えたるこころ

甥の押す車椅子の姉九十歳、三人の姉と父の法要

五年後は母の五十回忌と言いたれば生きてはおるまいと三人の姉

菩提寺の庫裡なる戯書「腹(はらたてず)」深大寺にも居た腹立てる僧

「腹立てず口つつしめば」そんなこと言ってられるか解釈改憲

膝痛は「加齢」と言わる治らぬということなりや耐えるほかなし

漢方薬煎ずるときの豆を煮るような佳き香に飲みたしと妻

トンネルのむこう

秋冷に励ますごとし萎えるなと山茶花あかき一輪咲き初む

湿疹の痒さにふるえることのありわが身は漢方薬をも拒む

転倒し間もなく一年とつとつと生きねばならぬ死を免れたのだ

やまいだれに縁深かりしこの一年、痛にはじまり痩いま痒み

のぼり来し坂道になおトンネルありトンネルのむこうに小さき光見ゆ

姫娑羅の下に五株の藪柑子赤き実ひとつそれぞれが持つ

清水寺の貫主に倣いこの年の一字選ばばわれわれには「痛」なり

無言の時間

病院の待合室にぽつねんと二時間ちかくを無言の時間

膝痛を言い訳にして寒中を蟄居のわれは冬眠の蟇

「疲れた」と言いつつ病持つ妻が「気力！気力！」とわれをも励ます

階段をさけてエレベーターに乗る老いてしまえり心もわれは

老いるとはこころの棲み家なる脳の「島」の老化というもかなしき

あさ露に濡れて清しもはなことば尊敬というむらさきつゆくさ

いちばんの日々の楽しみ「ネムルこと」長田弘は瞑りてしまえり

「元気そうになりましたね」と言われたり「そうに」なるのに半年かかった

紅雲町

懐かしき町の名に惹かれ観しドラマ「紅雲町(こううんちょう)珈琲屋こよみ」

片思いせしひと通いし女子高の今もある町、紅雲町は

速報と泪の絵文字、大学の第一志望に落ちたる花子

バンザイの絵文字三つの娘のメール太郎の高校合格知らせ来

第一志望ならねど入学手続をしたる花子よ試練はこれから

額にせしわが書「貫徹」贈りたり次郎の中学入学祝に

七十歳のときに書写せし心経の軸を倅がいまごろ欲しがる

形見よとひそかに言いてイタリアで買いし時計を花子に遺る妻

この道

天皇の慰霊訪問なかりせばペリリュー島も知られざりけん

＊二〇一五年四月天皇皇后両陛下ペリリュー島へ慰霊訪問。

両陛下、平和記念公園ゆ拝礼のアンガウル島に兄は死にたり

『玉砕島パラオ・アンガウル』に兄の名あり第二砲兵中隊兵長

砲弾に即死の兵長わが兄か、ふたりの大谷兵長の居り

陸軍の騎兵と聴きいし兄なれど砲兵なりしをはじめて知りたり

智禅院法勇清順居士の名を遺したるのみ兄二十三歳

ペリリュー島の洞窟に戦後二年生き救出の兵三十四人

洞窟の三十四人に兄は居ず　天皇と懇談の人を羨しむ

男二人女六人きょうだいなり兄が長男われは末っ子

この道しかないと言うけどわが兄も征ったきりです戦死しました

国民の安全・安心との詭弁、言えば言うほど安心できない

どんどん右へ

積極的平和主義とは「玉砕」と戦死を美化せし危うさを秘す

野次とはいえ「早くしろよ」と高飛車なもの言いをするひとの本性

知ったようなことを言うなと九十歳、学徒動員にはたらきし姉

男の孫のふたりわれにあり戦場に行かせてはならず行かせはしない

わが一生ノンポリなるにSEALDsの学生デモを応援する渋谷

こころある高校生よたのもしと渋谷にデモを見まもりにけり

夏の夜の国会前のデモに立つ九十一歳あつき弁明

わが兄も戦死したればいつになく見る国会中継腹立つばかり

駅のホームに歩きスマホをする人よどんどん右へゆくけどいいのか

ふるさとの赤城山よりのぼりたる十六夜の月あかきを忘れず

あとがき

この歌集は『リカバリー』に続く第二歌集です。二〇〇八年から二〇一五年までの作品から三一四首を選びました。七年余りのこの期間は、古稀から喜寿に至る時期にあたります。

古稀になって半年後から東京・調布市にある古刹深大寺でご朱印を書くという未知の世界を体験しました。また、後期高齢になるという時に外出先で転倒し、救急入院という体験までしてしまいました。幸い命に別状はなかったものの、転倒したことも救急車で運ばれたことも全く記憶がないという始末でした。その後の一年半ほどは病院通いもあって、体力も気力も衰えてしまいましたが、喜寿という頃になってようやく元気をとり戻すことができました。

このようなことがあって、数年前からは生老病死という四苦の中でも特に老と病、そして死も切実な問題となってきました。

この間、馬場あき子先生、岩田正先生はじめ多くの皆様から励ましの言葉を掛けて頂き、いろいろとご指導を賜りました。心より感謝しております。

歌集を編むにあたりましては、草田照子さんに懇切なご指導をいただきました。心よりお礼申し上げます。

青磁社の永田淳様には大変お世話になりました。装幀の大西和重様にも厚くお礼申し上げます。

大谷　榮男

二〇一六年三月吉日

新かりん百番84

歌集　トンネルのむこう

初版発行日　二〇一六年五月二十六日
著　者　大谷榮男
東京都世田谷区代沢一―三六―二六（〒一五五―〇〇三二）
定　価　二五〇〇円
発行者　永田　淳
発行所　青磁社
京都市北区上賀茂豊田町四〇―一（〒六〇三―八〇四五）
電話　〇七五―七〇五―二八三八
振替　〇〇九四〇―二―一二四二二四
http://www3.osk.3web.ne.jp/~seijisya/
装　幀　大西和重
印刷・製本　創栄図書印刷

ISBN978-4-86198-341-2 C0092 ¥2500E